AF306476

Analyse de l'œuvre

Par Natalia Torres Behar

Confession d'un masque

de Yukio Mishima

Rendez-vous sur lepetitlitteraire.fr et découvrez :

Plus de 1200 analyses
Claires et synthétiques
Téléchargeables en 30 secondes
À imprimer chez soi

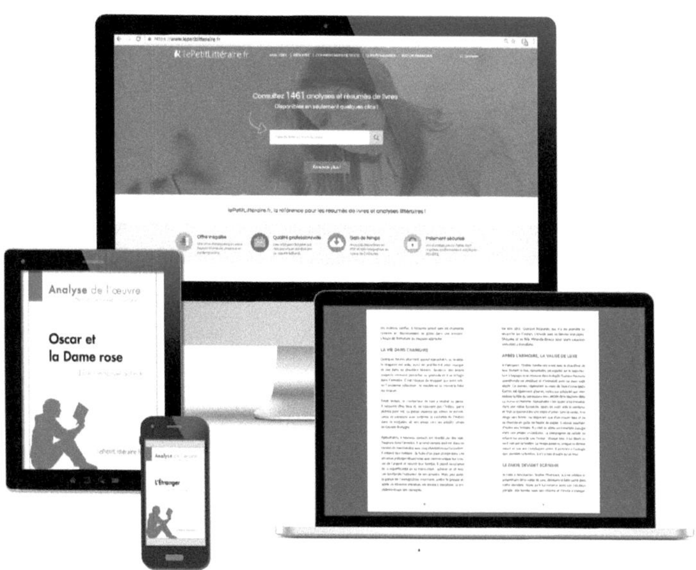

YUKIO MISHIMA

L'ÉPÉE ET LA PLUME

- **Né en 1925 à Tokyo (Japon)**
- **Décédé en 1970 à Tokyo (Japon)**
- **Prix littéraires :**
  - Prix Sincho pour *Le Tumulte des flots* (1954)
  - Prix Yomiuri, dans la catégorie « roman », pour *Le Pavillon d'or* (1956)
- **Quelques-unes de ses œuvres :**
  - *Le Pavillon d'or* (1956), roman
  - *Le Marin rejeté par la mer* (1963), roman
  - *La Mer et la fertilité* (1964-1970), tétralogie

Yukio Mishima est la figure centrale de la littérature japonaise du XXe siècle. Sa production compte des pièces de théâtre nô, des œuvres romantiques, des romans et des scénarios de films dans lesquels il joue. Au cours de sa vie, il sera tour à tour mannequin, karatéka, escrimeur, leader politique, compositeur, chef d'orchestre et général de sa propre armée.

Mishima nait sous un autre nom : Kimitake Hiraoka. Comme nous l'apprenons dans *Confession d'un masque*, son enfance est marquée par la présence de sa grand-mère Natsuko qui l'élève quasiment seule, le laissant seulement jouer avec des poupées. Cette femme, obnubilée par la mort, a des ambitions aristocratiques et aura une influence notable sur la vie de Mishima. À 12 ans, Mishima retourne vivre chez ses parents. Son père, général dans l'armée, est obsédé par la discipline et le dévouement à la patrie ; obsession que l'on retrouve dans le livre. Ses écrits sont particulièrement influencés par la crise que connait le Japon après la Seconde Guerre mondiale. L'autre élément fondamental de la production littéraire de Mishima est la relation étroite entre la vie et l'œuvre, le corps et l'intellect.

Durant toute sa vie, Mishima fréquente les bars gay et entretient une double vie, loin des regards, dans le monde homosexuel. Incapable de le révéler au grand public, il se marie avec une femme qui lui donne deux enfants.

En 1967, il crée le Tatenokai (Société du bouclier), et entraîne une petite armée privée ayant pour objectif de défendre l'empereur (ou plutôt la figure de l'empereur). Le 25 novembre 1970, Mishima et quatre autres membres du Tatenokai investissent les locaux du haut commandement de l'armée japonaise. Il attache le commandant à sa chaise et tient un discours en faveur de la renaissance d'un Japon traditionnel devant le régiment. Il souhaite convaincre les soldats et les rallier à sa cause, mais ne reçoit en retour que des insultes et une vive hostilité. Il entre alors dans le bureau, tue le commandant et, aidé de ses lieutenants, se donne la mort par *seppuku*, plus connu sous le nom d'harakiri.

CONFESSION D'UN MASQUE

UNE LUTTE CONSTANTE ENTRE DEUX BELLIGÉRANTS

- **Genre :** roman/autobiographie
- **Édition de référence :** *Confession d'un masque*, Paris, Gallimard, coll. « Folio », 1983, 254 p.
- **Première édition :** 1949
- **Thématiques :** image et beauté, enfance et mémoire, mort et sexualité

Confession d'un masque est le premier succès grand succès de Yukio Mishima. Ce roman sombre, écrit comme une biographie (voire une autobiographie, comme nous le verrons plus loin) traite d'un jeune garçon obsédé par la mort et la sexualité.

L'histoire raconte celle d'un jeune homme qui découvre son homosexualité au cours de rencontres extrêmes et étranges pleines d'images sadiques, mais raffinées, de l'art classique, du rêve et de la ville et ses alentours. Il devra cependant cacher ses désirs sous un masque de conventions, de mariage et de ce qui est socialement acceptable.

RÉSUMÉ

UNE ENFANCE FÉBRILE

Ce roman ne connait pas de trêve. La première phrase laisse le lecteur froid, conscient de la voix et de l'esprit qui se cache derrière le personnage de Kochan, un enfant chétif qui possède un esprit adulte et sombre : « Pendant de nombreuses années, j'ai soutenu que je pouvais me rappeler des choses vues à l'époque de ma naissance » (Mishima, 13).

Après sa naissance, Kochan est séparé de ses parents. Sa grand-mère considère qu'il doit grandir avec elle et l'enferme dans une chambre minuscule pour qu'il joue aux poupées avec ses cousines. Kochan, enfant chétif et maladif, est également un grand curieux. Ne sachant pas quoi faire d'autre, il lit et observe le monde qui l'entoure. Au cours de ses observations apparait une image particulièrement importante : un jeune homme musclé qui descend la rue à force d'efforts, tirant à bout de bras une charrette pleine de déjections. Sans trop savoir pourquoi,

Kochan est intrigué par ce jeune homme. Il est surtout attiré par l'image du pantalon bleu moulant de celui qui tire le tas de fumier et rêve de prendre sa place et de tirer cette charrette.

D'autres visions s'ajoutent et viennent occuper son esprit : une couverture de livre ornée d'un cavalier du Moyen Âge, qui n'est autre que Jeanne d'Arc ; l'odeur de la sueur d'un commando militaire ; ses désirs, alimentés par ses rêveries, de tuer ou d'être assassiné. Comme le dit la voix du narrateur qui se cache sous le masque, il s'agit du prologue de sa vie.

ENGAGEMENT

Yukio Mishima souhaite rejoindre les rangs de l'armée lorsqu'éclate la Seconde Guerre mondiale. Sa constitution fragile (semblable à celle de Kochan) et un rhume passager persuadent cependant le médecin de rejeter la demande du jeune homme.

LA FLÈCHE DE SAINT SÉBASTIEN

La mort, la mort et encore la mort. Il semble que Kochan lui voue une véritable obsession. Cependant, et comme nous nous y intéresserons en profondeur un peu plus tard, la décadence et la violence ne suffisent pas au jeune homme. Les visions morbides sont toujours teintées d'érotisme et de sexualité. C'est le cas de cette image à laquelle nous consacrons un paragraphe entier car il s'agit de l'une des scènes les plus impressionnantes du roman. Kochan se saisit de l'un des livres de son père, un album de photos de sculptures et en découvre une qui attire particulièrement son attention, le *Saint Sébastien* de Guido Reni.

L'image ébranle Kochan et nous découvrons pour
la première fois son homosexualité, révélée de
façon relativement crue. « Ce jour-là, au moment où mon regard se posa sur le tableau, tout
mon être s'ébranla d'un désir païen. Mon sang

bouillonnait et mon aine me lançait comme sous l'effet d'une colère sourde » (Mishima, 42).

Si les images décrites précédemment conte-naient une envie qui ne portait pas de nom, un désir irrationnel que le personnage ne pouvait que ressentir, celle de Saint Sébastien est la pre-mière approche d'un objet de désir identifiable. La voix du masque nous offre même un poème en prose, Saint Sébastien, qui décrit l'image et le désir qui en découle.

Lorsque Kochan découvre son obsession pour cette image, il n'est déjà plus sous la responsabi-lité de sa grand-mère. Il a déjà 12 ans et est entré au collège. C'est en observant cette image qu'il se masturbe et éjacule pour la première fois.

SAINT SÉBASTIEN

Tout au long de sa vie, Mishima souhaite reproduire les tableaux de Saint Sébastien. De même que son personnage Kochan, l'auteur lui-même est fasciné par la toile de Guido Reni.

ANÉMIE ET ESPRIT

À l'adolescence déjà, Kochan tombe amoureux d'un élève de son école, Omi. Toutefois, les passions, réflexions et sentiments de Kochan ne sont jamais tranquilles ; bien au contraire, son esprit est excessif. Il est rapidement envouté par certaines parties du corps d'Omi qui ne sont même pas nécessairement sexuelles, comme son aisselle.

Omi n'est pas aussi intelligent que Kochan mais il est viril et robuste. Tout contact avec lui est bon à prendre pour Kochan, peu importe lequel. Il commence par exemple à préparer consciencieusement ses attaques lors d'un jeu appelé « le dégoutant » qui consiste à toucher sans prévenir les parties génitales de son adversaire. Plus tard, par une soirée d'hiver, Omi lui touche les joues avec ses mains froides qu'il vient de plonger dans la neige. Kochan est persuadé d'être amoureux.

Le jeune homme souffre d'anémie et commence à avoir des visions enfiévrées. Dans l'une d'elles, il s'imagine chef d'un camp de gladiateurs. Il force ceux-ci à tuer pour le divertir. Il profite ensuite de plusieurs cérémonies au cours desquelles le corps du défunt joue un rôle central. Le rêve dégénère et il imagine un banquet raffiné où le corps de l'un de ses camarades de collège est offert à manger aux convives. Kochan retourne le corps sur le dos pour pouvoir contempler son torse nu et embrasse le cadavre sur la bouche.

CONTRE LA SOCIÉTÉ

À l'université, l'esprit de Kochan est toujours le théâtre d'une bataille intérieure qui oppose perpétuellement les pours et les contres de son sadisme et son homosexualité. Il charme alors une jeune femme appelée Sokono et tente de tomber amoureux d'elle. Au début, il parvient assez naturellement à cacher ses véritables penchants et croit même un instant être devenu hétérosexuel. Mais leur premier baiser fait ressurgir en lui ses obsessions plus intensément que jamais. Leur relation prend fin après la Seconde Guerre mondiale, lorsque Kochan doit travailler dans un bureau au sein d'une usine d'aéronautique et qu'il réalise qu'il ne peut échapper à ses étranges pensées. Kochan se rend dans une maison close pour voir s'il peut ressentir du désir pour une femme mais en vain. Des années plus tard, il retrouve Sokono, désormais mariée.

ÉTUDE DES PERSONNAGES

L'analyse des personnages de *Confession d'un masque* doit tenir compte de ce qui nous est déjà annoncé à la lecture du titre : le narrateur fonctionne comme un filtre biographique à travers lequel nous découvrons tous les autres personnages ; ce personnage est double, sa nature n'est pas définie.

KOCHAN

Nous avons établi qu'il existait des caractéristiques communes entre Kochan et Mishima. Il est en effet probable que le personnage du roman ne soit autre que l'alter ego de l'auteur. Plus que le personnage principal, c'est le seul qui importe dans la narration, grâce à son égo démesuré qui analyse chaque succès pour ensuite le nuancer à travers le filtre de la perversion. Ce filtre nous fait voir le monde et le reste des personnages qui, suivant la métaphore du théâtre, ressemblent davantage à des marionnettes qu'à autre chose.

L'esprit obsessionnel et sadique de Kochan les observe, faisant toujours part de ses réflexions vastes et grossières sur ce qu'ils représentent.

Kochan, en plus de constituer le filtre à travers le lequel nous découvrons les autres personnages, est à la fois masque et masqué. Son obsession pour la beauté, la force et la mort se voit rapidement définie par le langage. Elle croît à mesure qu'il grandit et vieillit. Cette obsession est une opposition constante, une lutte et une contradiction éternelles avec l'envie d'être accepté par la société. S'il est baroque de par son écriture et sa pensée, Kochan se révèle extrêmement timide et introverti en société. Il ne parle à personne et même son corps en témoigne, ce n'est que le masque faible et ébréché qui cache une voix puissante mais obscure. Cette voix évalue constamment le monde qui l'entoure, elle le déchiffre et le critique. En fait, plus qu'un créateur, un écrivain de fiction, la figure de Kochan pourrait être assimilée à celle d'un critique artistique ou littéraire : le monde des images et les personnages qu'il voit le poussent à écrire, à penser.

LA GRAND-MÈRE

Ce personnage sans nom constitue une figure étrange qui apparait dans les premières pages du roman. La grand-mère est fière et sombre. Elle descend d'une ancienne lignée de serviteurs de samouraïs à la différence du grand-père, un commerçant aventurier nouveau riche. La grand-mère élève le petit Kochan, l'enfermant et le forçant à ne jouer qu'aux poupées et à porter des déguisements de femmes. Elle est dure et extravagante et représente l'esprit à la fois autoritaire et mal élevé qui donne naissance à la personnalité lugubre de Kochan.

OMI

Pourquoi semble-t-il qu'Omi ne soit qu'un corps sans personnalité ? Si l'esprit de Kochan est double, masqué et scindé, ceux du reste des personnages semblent avoir abandonné leur corps, ne laissant que des masques sans acteurs errant dans la vie qui, s'ils ne sont pas à la merci du marionnettiste Kochan, sont constamment évalués par celui-ci. Omi n'est pas intelligent, mais il est viril. Son corps, magnifique, est le même que celui de l'homme qui tire la charrette que Kochan voit dans la rue lorsqu'il est petit. Mais, en outre, Omi est immergé dans une sorte d'innocence masculine. Avec ses camarades de classe, il joue à leur toucher les testicules, c'est le meilleur, et Kochan l'observe, l'analyse. Omi représente le désir, l'objet du désir. Il ne parle pas et aucune de ses pensées n'apparait dans le roman. C'est le vecteur qui permet à Kochan de changer en mots les images qu'il a vues. Ainsi, il semble n'être qu'un corps, car sa fonction explicite, dans le livre, est d'être l'objet du désir de Kochan ; il ne sert qu'à être vu et senti ; apportant les rêves et les désirs charnels.

SONOKO

Bien que Sonoko n'éveille finalement pas de désir en Kochan, elle constitue toutefois un personnage fondamental qui marque un point de rupture : c'est grâce à elle que Kochan réalise qu'il ne pourra jamais s'éloigner de sa véritable personnalité et de ses pensées. Au début, Kochan tente de se convaincre qu'il est amoureux de Sonoko et semble changer, l'espace d'un instant, sa façon de penser :

« Jamais la beauté d'une femme ne m'avait plus ému que ce jour-là. Mon cœur battait. Je me sentais purifié. Le lecteur qui a suivi cette histoire depuis le début refusera sûrement de croire à ce que je dis. Il mettra en doute mes paroles car il ne notera pas de vraie différence entre mon amour artificiel et gratuit pour la sœur de Nukada (Sonoko) et ce serrement de cœur auquel je me réfère. Il n'y aura, selon lui, aucune raison suscpetible de justifier qu'en cette occasion et seulement en cette occasion, je ne me soumis pas à l'analyse implacable de mes sentiments comme je le fais habituellement. » (Mishima, 134).

Sonoko fait office de vérification, de pause, elle représente un tournant décisif. Elle représente également une autre vision de la beauté. Tout comme Omi ou le portrait de *Saint Sébastien*, elle aussi est belle, mais contrairement à eux, elle ne constitue pas un objet de désir pour Kochan. Il semble que ce soit habituellement les pulsions morbides qui nourrissent l'attraction, puis l'obsession de Kochan. Avec Sonoko, étant donné que ces pulsions, qui mènent toujours Kochan à la perversion, n'existent pas, la beauté est vue différemment, elle est pure et ne renvoie à aucun désir sexuel.

CARACTÉRISTIQUES DE L'ŒUVRE

ROMAN OU AUTOBIOGRAPHIE

En ce qui concerne la structure, la question la plus importante à se poser en analysant *Confession d'un masque* est de savoir s'il s'agit d'un roman de fiction ou d'une autobiographie en tant que telle. Le roman présente bien sûr des aspects autobiographiques, comme les ressemblances frappantes avec la vie de Mishima (son enfance avec sa grand-mère et son homosexualité cachée). Cette interrogation peut cependant nous mener à un processus inutile qui viserait à comparer et compter le nombre de concordances entre la vie et l'œuvre. Il semble plus intéressant de se demander comment se construit ce genre à part entière.

La narration de *Confession d'un masque* se fait à la première personne, ce qui en dit déjà long. Comme son nom l'indique, cela nous permet de nous rapprocher d'une ouverture, d'une brèche dans la personnalité : une voix va nous parler de sa vie, elle va nous raconter comment elle en est arrivée là. Nous pouvons remonter les traces de la tradition des confessions jusqu'à saint Augustin et ses *Confessions*, une biographie spirituelle qui relate l'évolution de sa vie, de sa jeunesse passée dans le péché à sa rencontre avec Dieu, et le changement qui s'en est suivi.

Est-ce donc ce que Mishima essaie de faire ? Nous présente-t-il son point de rupture, le moment où il s'est changé en quelqu'un d'autre ? Pas exactement. La structure de *Confession d'un masque* suit un chemin similaire à celui des *Confessions* de saint Augustin, mais le processus est inversé. Dans l'œuvre de saint Augustin, il est possible de distinguer trois moments spécifiques : sa vie dans le péché, sa transformation et enfin, la vie religieuse. Mishima lui, ne relate qu'une succession d'obsessions. Le lecteur pourrait penser que, s'agissant d'une confession, le récit décrira un changement dans la vie du personnage. Il se tromperait ; sa vie ne connait aucun changement. Bien au contraire, les images, les réflexions et les manies qui peuplent l'esprit du personnage se multiplient. Même lorsque le lecteur croit que

Kochan peut finalement tomber amoureux d'une femme, car son processus de pensée semble avoir changé, le personnage revient finalement à ses pulsions habituelles.

En d'autres termes, et aussi étrange que cela puisse paraitre, le personnage du roman change pour redevenir le même. À l'inverse de la ligne temporelle de saint Augustin, la chronologie de *Confession d'un masque* pourrait être la suivante : Kochan est obsédé par la mort, la beauté et le sexe ; le cours normal de sa vie se voit altéré par l'arrivée d'une femme ; il revient à ses obsessions pour la mort, la beauté et le sexe.

Sans qu'il n'y paraisse, le roman de Mishima est avant-gardiste : il ne suit pas un raisonnement logique et fait déjà partie d'une époque où l'identité est disloquée. Le récit ne peut pas être empreint de raison car l'identité des hommes et des femmes ne l'est déjà plus, elle est écartelée par la guerre, la découverte de la sexualité, l'ouverture à d'autres visions du monde et la psychanalyse.

Confession d'un masque est bien entendu une confession, mais elle n'est pas conventionnelle.

Le récit ne suit pas le déroulement classique que nous apprenons tous à l'école (introduction, développement et conclusion) mais se forme autour de fils de pensée, de réflexions autour d'une mentalité particulière. Il ne s'agit en réalité pas tant d'un récit que de la description de cette mentalité, un flux de langage qui découvre petit à petit l'étrangeté de la nature humaine.

LA VOIX DERRIÈRE LE MASQUE

Comme nous l'avons déjà dit, *Confession d'un masque* est le récit de la formation d'une voix particulière qui observe et analyse le monde qui l'entoure. Mais quelle est donc cette voix ? Les lignes qui suivent analyseront trois éléments fondamentaux de la notion de langage dans ce roman : la mémoire, l'image et l'écriture.

Penchons-nous tout d'abord sur le thème de la mémoire et son influence sur le style du personnage. Kochan raconte sa vie depuis un présent qui nous est inconnu. Il ne parle jamais de ce qu'il se passe au moment où il nous raconte les évènements du roman. C'est depuis ce présent que le passé du personnage ressurgit, que lui reviennent en mémoire les évènements qui ont fait de lui ce qu'il est. C'est la raison pour laquelle la mémoire constitue un premier niveau, un point qui se dirige vers le passé et nous raconte tout.

Le deuxième élément est l'image. Les souvenirs sont toujours accompagnés d'images, de stimulants provenant de la vie, d'un livre ou d'une photographie. Tous les souvenirs du petit Kochan font référence à des images, des copies, des répliques. Presqu'aucune d'entre elles n'est pure, mais toutes ont un lien avec la reproduction d'œuvres artistiques. Il est donc possible de décrire le premier maillon de la chaine qui forme le style de la voix du narrateur de *Confession d'un masque* : une œuvre est reproduite en une image qui constitue un souvenir du narrateur.

Mais la chaine ne s'arrête pas là. Le souvenir n'est pas seulement provoqué par une image en particulier, il ne conserve pas toujours cette forme. L'image elle-même constitue également une détente, une gâchette qui libère l'écriture. Lorsque Kochan découvre la reproduction du *Saint Sébastien*, son premier réflexe est de nous offrir un poème en prose de plusieurs pages qui nous propose une réflexion sur son obsession et l'image en elle-même. Il est ainsi possible de distinguer le deuxième maillon de la chaîne, le triangle complet du style de la voix du masque : la réplique d'une œuvre en une image donne naissance aux souvenirs du narrateur et, constituant le moteur de sa pensée, déclenche le processus d'écriture. Toute l'obsession de Kochan pour la beauté est transmise au lecteur comme le ferait un critique littéraire, à partir d'une réflexion écrite portant sur la beauté, la mort et l'érotisme.

ANALYSE DES THÈMES ET CLÉS DE LECTURE

IMAGE ET BEAUTÉ

Comme nous venons de le dire, les images constituent la source principale des réflexions de la voix qui se cache derrière le masque. De façon générale, Mishima est un écrivain plutôt visuel. Dans son livre, *L'Ange en décomposition*, par exemple, il décrit le lever de soleil sur un petit port dans les moindres détails, offrant ainsi un magnifique tableau. Heure après heure, les images de l'eau et du soleil se déversent sur le lecteur jusqu'à le changer en figurant de la scène : un reflet, une certaine lumière, une goutte d'eau salée.

Dans *Confession d'un masque*, les images représentent la source absolue de toute beauté. Toutefois, et comme il est clairement établi dès l'épigraphe de Dostoïevski au début du roman, cette beauté n'a rien d'éthique, il nous est impossible de savoir si elle est bonne ou mauvaise, perverse ou bienveillante. Un constat nous est présenté, à nous êtres humains, une constat à la fois bienveillant et malin. En d'autres termes, la beauté peut provenir tout aussi bien du sourire d'un nourrisson que du clignotement d'une bombe. Ainsi, selon le personnage, la mort d'un de ses camarades de classe est belle, tout comme sont beaux le fumier, l'homme qui le transporte et la mort en général.

La beauté est donc liée aux phénomènes, aux objets et aux êtres décadents. Cette idée est déjà développée dans *Le Pavillon d'or* où un moine, obsédé par un magnifique édifice religieux, décide l'incendier pour se débarrasser de sa vision. Le beau obsède et doit donc être détruit.

Les belles images de *Confession d'un masque* s'accumulent. Néanmoins, comme nous l'avons évoqué un peu plus tôt, ces images sont le produit d'une réplique, d'une reproduction : un livre, par exemple, contient des photos d'une sculpture ou le dessin d'un cavalier. Pour Kochan cependant, il n'existe pas d'images naturelles, directes. Il ne peut avoir de contact avec une beauté réelle et se contente d'images reproduites.

ENFANCE ET MÉMOIRE

L'enfance et la mémoire sont au cœur du texte de Mishima. C'est grâce à la mémoire qu'il peut s'exprimer et grâce à son enfance que se forme le noyau de la personnalité de Kochan.

Il est possible d'établir des liens entre ces deux éléments, l'enfance et la mémoire. L'enfance est le fleuve tumultueux qui donne naissance aux souvenirs les plus précieux. Et, même si nous sommes face à un roman cohérent qui ne baisse jamais en intensité (en termes de formation de la pensée et du personnage), les épisodes de l'enfance sont les plus puissants. Ce sont eux qui nous permettent d'identifier la source d'eau primordiale, le berceau de la vie, les obsessions actuelles de la voix, l'origine de ses manies, ses pensées obscures, sa vitalité et ses pulsions sexuelles. C'est ainsi que nous les voyons, comme une accumulation d'expériences sans ordre ni logique. Cette forme chaotique des souvenirs d'enfance est annoncée par le personnage, qui comprend que l'enfance constitue le berceau d'une pulsion, d'un désir mais ne parvient pas à lui donner des mots ou même une logique sexuelle.

« L'examen auquel je soumis ce jeune homme fut incroyablement minutieux pour un enfant de quatre ans. Même si je ne m'en rendais alors pas réellement compte, ce jeune homme représentait la première révélation d'un certain pouvoir, le premier appel d'une voix étrange et secrète qui m'était destiné. Il est révélateur que cet appel se soit exprimé, pour la première fois, sous la forme d'un ramasseur d'ordure nocturne. L'excrément symbolise la terre et il ne fait pas de doute que ma tentation fut le fruit de l'amour malveillant de la terre mère. » (Mishima, 19).

Ainsi, au lieu de penser au sexe du jeune homme chargé de collecter les excréments, Kochan se concentre sur le pantalon. Il ne parvient pas à penser au sexe en lui-même mais se réfère à une série d'objets qui divergent, qui remplacent le pénis :

« Je me rappelle clairement que mon désir se concentrait sur deux points principaux. Le premier d'entre eux était le pantalon bleu qui était bien ajusté [...]. Son ajustement délimitait avec précision les lignes de la partie inférieure de son corps qui avançait avec douceur et agilité et semblait se diriger droit sur moi. Au plus profond de moi naquit une véritable adoration, inexplicable, pour ce pantalon. Je ne comprenais pas pourquoi. » (Mishima 20).

Certains auteurs, comme Lacan, ont proposé une vision du corps de l'enfant comme une masse informe (qui se confond même parfois avec celui de la mère) et dont le désir est similaire : il est constitué d'une accumulation de pulsions sans objet qui ne peuvent s'exprimer par un langage articulé, par des paroles totalement distinctes les unes des autres. C'est exactement ce qu'il se passe pour le désir de Kochan. Lorsqu'il parle de son enfance, il emploie des expressions erratiques, au sein de ses étranges souvenirs, rien n'est jamais ce qu'il semble être. D'où la qualification baroque de ce livre. Tout en lui vient de la mémoire, un désir sans forme qui va petit à petit acquérir une forme parlée et écrite particulière : une forme qui n'adhère pas au canevas de la société conventionnelle.

MORT ET SEXUALITÉ

Pour Kochan, la sexualité n'a rien de plat. En d'autres termes, il ne la voit pas comme un moyen de reproduction, ni même comme une façon de ressentir du plaisir sans autre connotation. La sexualité présente dans ce roman est bien plus complexe. Le sexe est un parent proche de la mort et d'autant plus au sein de l'irrémédiable passivité de Kochan. Le roman ne traite pas de sexe en tant que tel, jamais Kochan ne pénètre quelqu'un ou n'est pénétré. Bien au contraire, le sexe est uniquement présent dans les images et l'imagination du personnage. Ici, le sexe n'a pas comme objectif de donner la vie à qui que ce soit (cette sexualité liée aux images, fondée uniquement sur la masturbation, ne laisse aucune possibilité de grossesse).

C'est pourquoi Kochan associe le sexe non pas à la vie mais bel et bien à la mort :

> « Ici, dans mon théâtre de la mort, de jeunes gladiateurs donnaient leur vie pour me divertir. Et toutes ces morts, n'étaient pas uniquement accompagnées d'une effusion de sang mais mises en scènes au cours de véritables cérémonies. Toutes les formes de souffrances qui menaient à la mort m'offrait un plaisir immense, tout comme le faisaient les instruments d'exécution ». (Mishima, 88).

Cette citation démontre clairement que le thème du théâtre et de la mise en scène est également présent au sein de cette sexualité mortuaire ou de cette mort sexualisée. Les images utilisées par Kochan pour se masturber ne sont pas simples : on y retrouve des références classiques et elles constituent, en outre, d'énormes séquences baroques où le plus important n'est pas le plaisir gratuit et immédiat, mais l'élaboration de paradis artificiels, la méditation profonde et les réflexions sur le plaisir que le corps peut octroyer.

Cette relation étroite entre vie et décadence, mort et sexualité, n'est pas novatrice. Freud en parle en termes de pulsions : pulsion de vie et pulsion de mort. Selon lui, une succession de motivations inconscientes nous pousse à vouloir tout maitriser : nous reproduire, manger, créer. De l'autre côté, il existe également des pulsions de mort, un désir de revenir à l'inorganique comme le définit l'auteur autrichien. Il est intéressant de constater que Mishima, à l'instar de Freud, considère ces deux pulsions comme liées, inséparables l'une de l'autre.

Quelle image serait plus à même d'illustrer cette relation entre le sexe et la mort que celle de Saint Sébastien ? Mishima décrit avec un luxe de détails l'esthétique païenne de l'œuvre, bien qu'il s'agisse d'un saint catholique : il est calme et semble presque apprécier se faire lacérer le corps de flèches (la flèche, bien sûr, véhicule un sens caché plus ou moins évident : elle représente un sexe pénétrant le saint). Sommes-nous capables d'affirmer que le saint gémit de douleur ou qu'il s'agit en fait de plaisir ? Il est impossible de le dire. L'image est bien trop ambigüe et Mishima exploite complètement cette dualité. Son narrateur, Kochan, se trouve toujours à la limite entre le plaisir et la douleur.

PISTES DE RÉFLEXION

QUELQUES QUESTIONS POUR AP-PROFONDIR SA RÉFLEXION...

- Ressentez-vous de l'empathie pour Kochan et si oui, à quel niveau ? Décrivez sa personnalité.
- Quels aspects de la société contemporaine (alcool, cigarette, internet, télévision) pourraient correspondre à la relation entre le sexe et la mort, si présente dans *Confession d'un masque* ?
- Dessinez la vision que vous vous faites de la chambre de Kochan dans la maison de sa grand-mère.
- De quelles maladies souffre Kochan ? Comment influencent-elles sa vision particulière du monde ?
- Quel rôle joue le théâtre dans *Confession d'un masque* ?
- Quel rôle joue la guerre dans *Confession d'un masque* ?
- Comment imaginez-vous la vie de Kochan au moment où il raconte les événements qui composent le roman ?

Votre avis nous intéresse !
Laissez un commentaire sur le site de votre librairie en ligne
et partagez vos coups de cœur sur les réseaux sociaux !

POUR ALLER PLUS LOIN

ÉDITION DE RÉFÉRENCE

- MISHIMA Y., *Confession d'un masque*, Paris, Gallimard, coll. « Folio », 1983, 254 p.

ÉTUDES DE RÉFÉRENCE

- NATHAN J., *Mishima*, Barcelone, Seix Barral, 2006

- LACAN J., *Le stade du miroir comme formateur de la fonction du Je*, Écrits 1, Paris, Seuil, coll. « Champ freudien », 1966, 923 p.

- YOURCENAR M., *Mishima ou La vision du vide*, Paris, Gallimard, coll. « Folio », 1993, 132 p.

- FREUD S., *Au-delà du principe de plaisir*, Lausanne, Payot, 2010, 160 p.

SOURCE ICONOGRAPHIQUE

- *Saint Sébastien* de Guido Reni, © Marie-Lan Nguyen

LECTURES RECOMMANDÉES

• FURUBAYASHI T. et HIDEO K., *Últimas palabras de Yukio Mishima*, Alianza Editorial, 2015, 168 p.

Il s'agit d'un recueil de deux entretiens avec Mishima. L'un est mené par Takashi Furubayashi, quelques jours avant son suicide par *seppuku*. Ils échangent à propos de thèmes politiques comme le communisme, l'impérialisme et le panorama littéraire japonais. Le second entretien, réalisé par Hideo Kobayashi, se tient au début de la carrière de Mishima et se concentre davantage sur les thèmes de l'esthétique et des revues littéraires du Japon à cette époque.

Retrouvez notre offre complète sur lePetitLittéraire.fr

- des fiches de lectures
- des commentaires littéraires
- des questionnaires de lecture
- des résumés

ANOUILH
- Antigone

AUSTEN
- Orgueil et Préjugés

BALZAC
- Eugénie Grandet
- Le Père Goriot
- Illusions perdues

BARJAVEL
- La Nuit des temps

BEAUMARCHAIS
- Le Mariage de Figaro

BECKETT
- En attendant Godot

BRETON
- Nadja

CAMUS
- La Peste
- Les Justes
- L'Étranger

CARRÈRE
- Limonov

CÉLINE
- Voyage au bout de la nuit

CERVANTÈS
- Don Quichotte de la Manche

CHATEAUBRIAND
- Mémoires d'outre-tombe

CHODERLOS DE LACLOS
- Les Liaisons dangereuses

CHRÉTIEN DE TROYES
- Yvain ou le Chevalier au lion

CHRISTIE
- Dix Petits Nègres

CLAUDEL
- La Petite Fille de Monsieur Linh
- Le Rapport de Brodeck

COELHO
- L'Alchimiste

CONAN DOYLE
- Le Chien des Baskerville

DAI SIJIE
- Balzac et la Petite Tailleuse chinoise

DE GAULLE
- Mémoires de guerre III. Le Salut. 1944-1946

DE VIGAN
- No et moi

DICKER
- La Vérité sur l'affaire Harry Quebert

DIDEROT
- Supplément au Voyage de Bougainville

DUMAS
• Les Trois
  Mousquetaires

ÉNARD
• Parlez-leur
  de batailles,
  de rois et
  d'éléphants

FERRARI
• Le Sermon sur la
  chute de Rome

FLAUBERT
• Madame Bovary

FRANK
• Journal
  d'Anne Frank

FRED VARGAS
• Pars vite et
  reviens tard

GARY
• La Vie devant soi

GAUDÉ
• La Mort du
  roi Tsongor
• Le Soleil des
  Scorta

GAUTIER
• La Morte
  amoureuse
• Le Capitaine
  Fracasse

GAVALDA
• 35 kilos d'espoir

GIDE
• Les
  Faux-Monnayeurs

GIONO
• Le Grand
  Troupeau
• Le Hussard
  sur le toit

GIRAUDOUX
• La guerre de
  Troie
  n'aura pas lieu

GOLDING
• Sa Majesté des
  Mouches

GRIMBERT
• Un secret

HEMINGWAY
• Le Vieil Homme
  et la Mer

HESSEL
• Indignez-vous !

HOMÈRE
• L'Odyssée

HUGO
• Le Dernier Jour
  d'un condamné
• Les Misérables
• Notre-Dame
  de Paris

HUXLEY
• Le Meilleur
  des mondes

IONESCO
• Rhinocéros
• La Cantatrice
  chauve

JARY
• Ubu roi

JENNI
• L'Art français
  de la guerre

JOFFO
• Un sac de billes

KAFKA
• La Métamorphose

KEROUAC
• Sur la route

KESSEL
• Le Lion

LARSSON
• Millenium I. Les
  hommes qui
  n'aimaient pas
  les femmes

LE CLÉZIO
• Mondo

LEVI
• Si c'est un
  homme

LEVY
• Et si c'était vrai…

MAALOUF
• Léon l'Africain

MALRAUX
- La Condition humaine

MARIVAUX
- La Double Inconstance
- Le Jeu de l'amour et du hasard

MARTINEZ
- Du domaine des murmures

MAUPASSANT
- Boule de suif
- Le Horla
- Une vie

MAURIAC
- Le Nœud de vipères

MAURIAC
- Le Sagouin

MÉRIMÉE
- Tamango
- Colomba

MERLE
- La mort est mon métier

MOLIÈRE
- Le Misanthrope
- L'Avare
- Le Bourgeois gentilhomme

MONTAIGNE
- Essais

MORPURGO
- Le Roi Arthur

MUSSET
- Lorenzaccio

MUSSO
- Que serais-je sans toi ?

NOTHOMB
- Stupeur et Tremblements

ORWELL
- La Ferme des animaux
- 1984

PAGNOL
- La Gloire de mon père

PANCOL
- Les Yeux jaunes des crocodiles

PASCAL
- Pensées

PENNAC
- Au bonheur des ogres

POE
- La Chute de la maison Usher

PROUST
- Du côté de chez Swann

QUENEAU
- Zazie dans le métro

QUIGNARD
- Tous les matins du monde

RABELAIS
- Gargantua

RACINE
- Andromaque
- Britannicus
- Phèdre

ROUSSEAU
- Confessions

ROSTAND
- Cyrano de Bergerac

ROWLING
- Harry Potter à l'école des sorciers

SAINT-EXUPÉRY
- Le Petit Prince
- Vol de nuit

SARTRE
- Huis clos
- La Nausée
- Les Mouches

SCHLINK
- Le Liseur

SCHMITT
- La Part de l'autre
- Oscar et la
  Dame rose

SEPULVEDA
- Le Vieux qui
  lisait des romans
  d'amour

SHAKESPEARE
- Roméo et Juliette

SIMENON
- Le Chien jaune

STEEMAN
- L'Assassin
  habite au 21

STEINBECK
- Des souris et
  des hommes

STENDHAL
- Le Rouge et
  le Noir

STEVENSON
- L'Île au trésor

SÜSKIND
- Le Parfum

TOLSTOÏ
- Anna Karénine

TOURNIER
- Vendredi ou
  la Vie sauvage

TOUSSAINT
- Fuir

UHLMAN
- L'Ami retrouvé

VERNE
- Le Tour
  du monde
  en 80 jours
- Vingt mille
  lieues sous
  les mers
- Voyage au
  centre de
  la terre

VIAN
- L'Écume des jours

VOLTAIRE
- Candide

WELLS
- La Guerre des
  mondes

YOURCENAR
- Mémoires
  d'Hadrien

ZOLA
- Au bonheur
  des dames
- L'Assommoir
- Germinal

ZWEIG
- Le Joueur
  d'échecs

www.lepetitlitteraire.fr

ISBN version numérique : 9782808003568
ISBN version papier : 9782808003575

Dépôt légal : D/2017/12603/708

Conception numérique : Primento,
le partenaire numérique des éditeurs.

Ce titre a été réalisé avec le soutien de la Fédération Wallonie-Bruxelles, Service général des Lettres et du Livre.